Between the worlds –
Zwischen den Welten

Astrid Evelt

Between the worlds –
Zwischen den Welten

Herstellung und Verlag:
BoD - Books on Demand, Norderstedt
ISBN 978-3-7347-3007-8

Vorwort oder so was
Ein weiteres Mal habe ich mich daran gesetzt ein
Buch mit meinen Gedanken zu verfassen – Alte
und Neue von Blogs, Grußkarten und Merkzetteln,
etc.
Ich weiß, dass man sich von kreativen Werken
angesprochen fühlen kann. Ich bin ja kreativ
unterwegs und da ich in meinen "Werken" auch mal
das Wort "Du" benutze, auch wenn ich das
allgemein meine, um meine Gefühle und Gedanken
auszudrücken, kann man sich von den Sachen
berührt fühlen.

Natürlich kann ein Kreativer auch immer jemand
Bestimmten im Kopf haben, aber das muss nicht. –
In diesem Buch verwende ich bestimmte, starke
Bilder, um meine Gefühle auszudrücken und ich
möchte damit niemanden zu nahe treten… auch
gibt es hier Werke, die zu viele Worte für Gedichte
haben und zu wenige für Geschichten, aber das
ist meine Art mich auszudrücken…

Also, wünsche ich euch gutes Durchkommen
durch den Dschungel der Gedanken und Gefühle
und verrennt euch nicht in irgendetwas,
Astrid
PS. Wer Fehler findet, darf sie gerne behalten.
Wenn man stundenlang an etwas arbeitet, passieren
Fehler.

A dance called "Love"

Sometimes I feel like I'm dancing on my own,
Seeing you move and having no idea, whether
You want to dance with me or
You just dance around me or
You just dance away from me..

Your steps are confusing to me,
You dance closer to me and
Smile to me as if I was the one
You seem to sing the song of Love
And follow its natural rhythm,
Feeling our hearts beating as one
For this moment
I feel like almost kissing you

But all I can see is
You dancing around me
Like something you cannot touch
Or like a predator stalking its prey
And suddenly you're gone,
Leaving me behind without a clue
Just when I start to give up
You're back on the scene and
Dancing like nothing had happened

It's time to stop for me this dancing around
And just sit the dance out and observe
I just feel exhausted by your movements
That made me turn and spin in circles too often
I have no clue whether you want this or
Just want to have all options available to you

I cannot tell, who's leading this dance
Or where this dance is leading us to
Are we constantly dancing around each other
To same song, but with a different melody?
Don't you know that we can dance and sing
This song of love together –
even if the melody is different –
even if we feel like stumbling –
even if we fight for the lead –
even if we tread on each other's toes?

I think, it's easier to try dance with each other
Being in each other's arms
Preventing the other one from falling
Learning the rhythm of the other one's heart,
So we can feel it beat with our own one in sync
Feeling this love getting real

It's up to you to decide,
if you want to dance to this song of Love
Or if you rather dance to other songs
I tried to show you that I want to try
This dance, but I won't push you
No one likes to be forced
But if you're just unsure about this dance,
We can learn this dance together
I just need to know, if you interested or
If you just want to fool around
I just sit here and wait for you to
Show me your true nature,
One way or another

Im Bereich der Stürme

Die Atmosphäre ist voll Elektrizität
Die Wolken schwarz-gelb
Die Luft voller Spannung
Der Himmel voller Regen -
Alles bereit sich auf mich zu ergießen

Ein leichtes Grollen verheißt
die Ouvertüre der Stürme
Mit einem Mal bricht das Unwetter los
Wie ein Blitz aus heiterem Himmel
verändert sich alles bisher Dagewesene
Alles, was klar war, ist nun
hinter dem Regen verschwommen
Alles, was gerade noch von der
Sonne freundlich beschienen war,
verliert sich in einer beinahe
apokalyptischen Dunkelheit

Alles, was gerade an Ort und Stelle
war, wird durch die Stürme aus
der sicheren Verankerung gehoben
oder gar durcheinander gewirbelt
Einiges verliert gänzlich seine Wurzeln
Manches trifft der Blitz und
verbrennt es bis auf die Grundmauern

Nichts ist, wie es mal war
Ich merke wie der Regen meine
Kleidung durchweicht und
selbst in der Hitze wird mir kalt
Alles wird langsam
Alles wird zur Qual

Alles wird unangenehm
Alles wird matschig
Und wenn der Regen mir über
das Gesicht rinnt und ich bis
auf die Knochen nass werde,
denke ich bei mir: Du kannst
den Sturm nicht aufhalten,
so gerne du es auch möchtest

Manchmal finden wir Schutz
vor dem Sturm
Aber dann und wann müssen
wir durch den Sturm,
auch wenn wir es nicht möchten,
auch wenn wir keine Kraft mehr
haben voranzugehen,
auch wenn wir es widerlich finden,
auch wenn wir vom Wind vom
Weg abgebracht werden,
auch wenn wir vom Unwetter
schlicht überwältigt oder gar
umgehauen werden

Denn es gibt keinen anderen Weg
als durch den Aufruhr der Elemente
Also, haben wir am Endes des Tages,
zwei Möglichkeiten, entweder
müssen wir bis zum Schluss durch
den Sturm schlagen und
sich wieder Ruhe ausbreiten kann

Oder wir können in unserem
sicheren Heim uns wohlig in
Wärme kuscheln und bis zum
Aufheiterung des Wetters warten

So ist das im Leben,
eins ums andere Mal finden
wir Schutz und können uns
ein wenig aufwärmen,
bis wir weiter durch den
Aufruhr der Elemente müssen

Manchmal können wir uns
irgendwo schützen bis der
Sturm vorüber gezogen ist
Manchmal müssen wir uns
bis zum Schluss durchschlagen,
auch wenn das Unwetter so oft
nicht enden zu wollen scheint
Es gibt auch wieder sonnige Tage!

Du bist mein Gewürzregal!

Du bist mein Salz,
das mein Leben würzt
und nach dem ich lechze,
wenn etwas einfach fade ist

Wenn du mein Pfeffer wirst,
heißt das wieder: mit Pep
geht es bei uns drunter und drüber

Auch wenn du es nicht gerne
hörst, manchmal finde ich süß
wie Zucker und ich nasche
nun mal gerne Süßes

Mitunter finde ich dich
scharf wie Chili und dann
kann ich schon mal wie
Feuer brennen, wenn du
mir nahe bist

Dann wirst du aber auch mild
wie Vanille, um so manche
Bitterkeit erträglich zu machen

Und natürlich bringst du
Farbe in mein Leben wie Paprika
Und du machst mir vieles im
Leben einfach schmackhaft
Auch werde ich bei dir
hungrig auf Neues
Ohne dich wäre alles eben
nur halb so appetitlich!

Ist doch seltsam…

Ist doch seltsam, eigentlich wollte ich dir sagen
"Ich liebe dich" – doch ich vergaß die Worte
schnell wieder

Ist doch seltsam, dass in keinem Brief an dich
darüber ein Wort ein verlor

Ist doch seltsam, dass ich trotz starker Gefühle
für dich – DAS – vernachlässige

Wahrscheinlich sollte ich mich bei dir melden,
aber ich tue es nicht –
weil ich dich liebe!

Du

Du, ich und wir zwei beide –
So zu denken

Du, ich und wir zwei beide als
Quartett – so zu fühlen

Du und ich als Individuen und
Wir zwei beide als Gemeinschaft -
So geben wir anderen keine Chance
uns anzugreifen!

Jeder ist für sich stark und
Gleichzeitig für den anderen,
wenn es sein muss
Wir schützen uns – so zu sein
Macht uns doch eins!

Schräge Gedanken

Manchmal kommt es mir vor,
als ob das menschliche Hirn
doch einem Computer gleicht
Aus der Fülle von Wahrnehmungen
Filtert es das "Wichtigste" heraus,
damit wir es verarbeiten können und
nicht wahnsinnig werden

Manchmal werden Erinnerungen falsch
Abgespeichert und wir können sie nicht
Rechtzeitig abrufen oder gar nicht, weil das
Gehirn sie als unwichtig eingeordnet hat
Einige Hirne sind laufen ständig auf Hochtouren,
während andere eine gewisse Zeit zum
Hochfahren brauchen

Einige sind wahnsinnig schnell und effizient
Und andere sind langsam und haben eine Menge
Müll im Kopf, der ausgemistet werden muss
Einige laufen noch alten Programmen und
Andere schaffen ständige Updates

Das Gleiche gilt in gewisser Weise für Gefühle,
solange wir diese durch Stereotypen und Klischees
bestimmen, sortieren wir Menschen und Situation
zu den vorgegebenen Haltungen ein

Ein Romantiker schenkt seiner Liebe roten Rosen,
weil ja nur die "wahre Liebe" repräsentieren
Egal, ob diese Person lieber weiße Lilien oder
Gelbe Narzissen oder gar keine Blumen mag oder
gar gegen Rosen allergisch ist

Zu oft drängen wir uns und andere in ein zu
enges Korsett - unbewusst – und wundern uns,
wenn wir nicht glücklich sind!

Rote Rosen sind toll, wenn der andere sie mag
und nicht weil es ein Tag oder der gute Ton es
vorschreiben und wenn man sie von Herzen gibt,
Liebe lässt nicht erzwingen und Erwartungen
tötet sie!

Gefühle und Gedanken brauchen keine Korsetts –
Jeder Mensch ist anders, nur das ergibt die Vielfalt –
Nur das bringt Leben – Denk mal drüber nach!

Die Elemente

Die vier Elemente können alles bringen,
Leben oder Tod, Freud oder Leid,
auch wenn sie manchmal unbändig erscheinen

Die Luft bringt Sauerstoff zum Leben und
Als Sturm kann sie zerstörerisch sein

Wasser wirkt gegen den Durst von Mensch,
Tier und Pflanzen, aber zu viel kann einen
ertränken

Feuer kann im Winter vorm Erfrieren schützen,
jedoch kann man in einem Brand verbrennen

Wir nutzen Erde, um uns vor den anderen
Elementen zu schützen und auf ihr Leben
zu schaffen,
aber ein Erdrutsch kann dieses Leben
auch nehmen

Das ist die Ganzheit von allem -
Das ist der Kreislauf des Lebens!

Zum "Weltuntergang 2012"

Für manche von uns geht eben die
Welt jetzt doch irgendwie unter...

Und das anders als man denkt,
weil man nämlich immer noch hier ist.

Auf die eine oder andere Weise geht
Die Welt unter – es ist nicht der
Ganze Planet, der untergeht –
Sondern die ganz eigene Welt
Zerbricht – was hin und wieder
Als Weltmschmerz empfunden
Wird und manches Mal wahrhaft
Große Anteilnahme auslösen kann.
Andere Welten gehen in kleiner
Weise unter, was den Schmerz des
Einzelnen nicht mindert, es ist
Immer noch ein Weltschmerz.

Und mancher Weltuntergang ist
Ein Segen, da eine neue, schönere
Welt geschaffen werden kann!

In dreams there's always a truth..

Recently I had a dream,
In which I heard this words:

"Someday you're going to shine,
You only have to smile for it."

Someday I will know the truth of this…

Okay,

manchmal macht man Dinge,
die einen scheinbar aufhalten und sich
wiederholen, aber das kann auch mitunter
bei der eigenen Evolution helfen...

Das kann etwas Nerviges sein,
es kann auch etwas Nettes sein.

Und bevor bestimmte Leute anfangen die
Augen zu rollen, die Arme verschränken
und sich zu fragen: "Muss das sein?"

Nein, muss es nicht, aber es kann helfen!

Was einem Freude bringt...

Manchmal suchen wir etwas,
das uns Freude bringen kann
Wir drehen jeden Stein um und
wühlen im Dreck und polieren
so manchen Kiesel vergeblich,
in der Hoffnung einen Diamanten
zu finden.

Und auch wenn wir wissen, dass
nicht alles Gold ist, was glänzt,
werden wir uns nach dem nächsten
bunten Flittern am Boden bücken,
nur um wieder enttäuscht zu werden

Aber wenn wir den goldenen
Sonnenstrahl sehen, wie er die
Welt zu Leben erweckt;
wie der Tau sanft die Bäume
und das Gras benetzt, um im
warmen Licht zu funkeln
Und Vögel die Sonne mit
ihrem Lied begrüßen, merken
wir, dass dieser Moment
wertvoller ist als jeder Diamant

Wenn wir die Liebe, Unterstützung,
Dankbarkeit und Fürsorge unserer
Familie und Freunde fühlen, ist viel
kostbarer als alles Gut und Geld
der Welt.

Das ist das Wesentliche, danach
streben wir tief im Herzen, selbst
wenn der Verstand nach
finanzieller Sicherheit schreit.

Es ist das, was uns im Inneren
berührt; was uns mit Freude,
Glück und Zufriedenheit erfüllt.
Menschen, die man umarmen
möchte; bei denen man sich
zuhause fühlt und von denen
man angenommen wird wie man
ist, eine Familie im Herzen; egal,
wer diese Leute sind oder
wo sie sind - das ist wahre Freude!

Mögest du stets deine Familie
im Herzen tragen;
all jene, die dir das Beste in dir
zeigen und in denen du ihr
Bestes hervorrufen kannst,
auch wenn nicht immer alles
rosig ist.
Und mögest du stets in jedem
Moment den Reichtum der Natur
auskosten, bei denen du merkst,
was dich bewegt -
Das sind deine Diamanten!

Seltsamer Tag heute...

Habe diesen Spruch seit dem Aufwachen
im Kopf und er verlässt mich nicht:

"Ab einem gewissen Alter wird man zum Enigma
oder man bekommt eins auf irgendeine Weise."

Frag mich nicht, woher das kommt,
das weiß ich nicht
Aber ich habe es einfach mal aufgeschrieben...

Das Leben

Manchmal ist das Leben wie eine zerbrochene
Vase und du brauchst eine Menge Kraftkleber,
Zeit und Geduld, um das Ganze wieder
einigermaßen in irgendeine haltbare
Form zu kriegen.

… und ob das dann noch einer Vase gleicht,
sei mal dahin gestellt…

Wandern

Manchmal scheint es so, als
ob der Weg beschwerlich ist,
den wir gehen mit Hindernissen,
Widerständen und Gefahren
Es sieht so aus als ob wir hasten
müssten, um das Ziel zu erreichen,
weil sonst jemand den Lohn unserer
Mühen erhalten könnte.

Jedoch wenn wir leichthin wandern,
Pausen einlegen, um die Seele baumeln
Zu lassen und um uns zu orientieren
Und alle Dinge, die da kommen mit
Frohsinn betrachten – genau betrachten,
werden wir feststellen, dass wir schneller
am Ziel sind als wir dachten.

Darüber hinaus werden wir noch
Viel mehr von dieser schönen Welt
sehen als jene, die nur den Weg entlang
hasten und alles großen, dunklen
verschwommenen Umriss wahrnehmen

Denn bisweilen wird die Sonne
Hinter den Gewitterwolken scheinen
Und sich einen Durchschlupf durch
Das Dunkle suchen, um von Neuem
Den Tag und unseren Weg im hellen,
farbenprächtigen Schein glitzernd
wie ein Edelstein leuchten zu
lassen.

Bei genauer Betrachtung kannst du
In dem gräulichen Schatten wieder
Schöne, grüne Bäume und bunte
Blumen erkennen und im Nebel
Einzelne Sonnenstrahlen.

Du kannst diese Strahlen nicht
Einfangen, aber du kannst sie im
Herzen bis nächsten dunklen
Nebel, wo sie dann für dich und
Deine Lieben leuchten können.

Mögen diese Strahlen in deinem
Herzen dir den Weg erleuchten
Und mögest du stets den Weg
Mit offenem Herzen und wachen
Augen fröhlich entlang wandern
Können.

Du bist eingebrannt auf meiner Seele

Du bist eingebrannt auf meiner Seele,
durch alles, was du bist und
was du mir gezeigt hast
All die Dinge, die du mir beigebracht hast,
haben mir geholfen die Person zu sein,
die ich heute bin

Du hast meine Sicht infrage gestellt
und auch mal meine Welt auf den Kopf
gedreht, so musste ich lernen mich
auf diese Sichtweisen und sogar
Anforderungen einzustellen

Manchmal hast du mir auch nur ein
Bein gestellt, nur um zu sehen, ob
Ich es schaffe aufzustehen

Du hast mir oft mehr gegeben als dir
bewusst ist, mit dem wie du mit mir
umgegangen bist

All die Momente, in denen wir lachten
Und Spaß haben konnten – wo wir
Einfach nur herum gealbert haben
All die Augenblicke, in denen
Wir geweint haben
All die blöden Kommentare und
Witze, die mich aus meiner Wut
geholt haben und mich
Zum Lachen gebracht haben
Du hast mir eins ums andere Mal

Den Weg zurück ins Licht gezeigt

Du hast mich auf eine Weise berührt
Wie es niemand zuvor geschafft hat,
selbst wenn du nicht mehr da bist,
lebst du weiter in meinem Herzen

Selbst wenn ich den Verstand verliere
und dich vergesse oder dich nicht
mehr erkenne, dann weiß meine
Seele immer noch genau wer du bist,
denn meine Seele erkennt dich immer
wieder und wie du bist und all das,
was du mit mir geteilt hast, ist da
für immer eingraviert

Für meine Liebe

Ich wäre gerne für dich ein Baum,
der dir Schutz bei Wind und
Wetter bietet.

Ein Baum, der dir in der glühenden
Hitze Schatten und Kühle bietet

Ein Baum, der dir Luft zum Atmen
Verschafft und immer für dich da ist,
egal ob Schnee und Eis, Regen, Blitz
und Donner, Hitze und Dürre

Den du umarmen kannst, wenn du
Es brauchst und dir durch seine
Verwurzelung in der Erde Halt
Geben kann.

Ein Baum, der dir trotz Verlust von
Blättern in der kalten Zeit,
abgebrochenen Ästen, Eindringlingen
und Schädlingen stets einen ruhigen,
warmen, kuscheligen Unterschlupf
bieten kann – ein Heim –
in dem du dich einigeln kannst und
vor der lauten, kalten Welt verstecken
kannst, wenn du es brauchst.

Ein Baum, der all deine Sinne
Anspricht, in dem er dir die süß
Duftende Blüten in bunten Farben
Zeigt und dich mit frischem, satten
Grün erfreut

Der dich genauso versorgt wie du ihn,
indem er dich mit seinen saftigen,
aromatischen Früchten belohnt und
dir damit das Leben in all seiner
Herrlichkeit zeigt

Das Geschenk des Lebens

Nichts im Leben wird uns geschenkt,
nur die Liebe und bei manch einem
nicht einmal die

Aber das Leben ist ein Geschenk
Und wie das mit Geschenken nun
Mal ist:

Der Eine freut sich, dem anderen ist
Es egal, der nächste hatte sich etwas
Anderes vorgestellt und wieder
Andere finden es doof und
Schmeißen es weg.

Die Einen verstecken es tief im
Schrank, damit niemand etwas
Darüber erfährt.
Die Nächsten geben es einfach
Weiter, dann gibt es welche, die
Mit Wenigen und wieder andere
Teilen es mit Vielen.

Manche können ihr Geschenk
Nicht akzeptieren oder wollen
Ein anderes
Manche streiten sich darum und
Anderen wird es geklaut, die
Nächsten sind einfach achtlos
Damit umgegangen.

Dann gibt es welche, die
Achten ihre Geschenke wie
Kostbare Schätze.

Die einen behalten ihre
Geschenke nicht lange und
Andere behalten sie lange –
Gefühlt manchmal "zu lange"

Geschenke verändern sich mit
Der Zeit, sie sind alt und nicht
Mehr so schön, aber tief im
Herzen bleiben sie so schön
Wie am ersten Tag

Ab und zu – so sehr wir auch
Darauf Acht geben mögen –
Kommt jemand anderes daher
Und macht es kaputt, dann
Sind wir traurig und wütend,
aber irgendwann sind froh,
dass wir es überhaupt haben:
Das Geschenk des Lebens!

Walking through the Danger Zone

Not all things in life are clear,
So we don't always know
When we're walking through
The Danger Zone

We see people, who seem
Like friends, but turn out
As the enemies

We love people, who seem
Familiar, welcoming, nice
And warm to us, but they
Only hate us

Hate, anger and envy hidden
Behind kind, smiling, bright
Shining faces

Plain stupidity hidden
Behind a few big,
Smart words

Disgusting deeds hidden
Behind the walls of a
Beautiful house

Dark activities hidden in
The light of a colourful
Summer garden

The stench of decease
Hidden in the floral scent
Of Nature

So, if you want to feel safe
And find the real good life,
You need to trust your
Inner guidance to see
Beneath the surface of it all

Only if you can the light there,
You know that you're safe
And that you're welcome!

Ein Goldschatz

Ich wollte dir nur sagen, dass du ein Goldschatz für mich bist, was absolut nichts mit Geld oder so zu tun hat.

Manchmal wundere ich mich, warum das noch niemand sonst gesehen hat, obwohl es etliche Leute gibt, die dich kennen.

Die einen lieben dich – die anderen hassen dich. Ich kann jedoch sehen wie sehr du dich um die bemühst, die dir am Herzen liegen, ohne viel Aufhebens und ohne große Worte.
Du bist ein Mensch der Tat, wenn es darauf ankommt, egal ob du dafür Lob erhältst oder nicht.

Du kämpfst für die Dinge und Menschen, die dir wichtig sind, ganz ohne Aufsehen.

Wenn dir etwas wichtig ist, dann kannst du rabiat wirken, aber das scheint nur so, weil du versuchst es gegen Widerwärtigkeiten zu schützen und gegen Widerstände durchzubringen.

Deine sanfte, liebevolle Seite versuchst du zu schützen, weil man dich da leicht verletzen kann.
Man muss schon zwischen den Zeilen bei dir lesen, um diese Seite zu erkennen, aber ich kann sie durchscheinen sehen.

Ich habe dich gesehen und ich wollte dir hiermit sagen, was für ein wunderbarer Mensch du bist, auch wenn ich das Gefühl habe, dass du das selbst nicht siehst.

Natürlich hast du deine Macken, Fehler und Probleme, aber du kannst mich immer wieder mit kleinen Gesten derart berühren, dass ich nur dankbar bin, dass es Leute wie dich gibt.

Gloominess

On a darkening day,
when it was too dark to see
I was led by someone with
A wild mood and a taste
For danger.
It took the wrong turn –
A thorny way that led to
Absolute disaster.
It ended in the shadows
Of nothingness.

White feathers covered
In blood were on the road,
it was not my way!
I couldn't see and I didn't
Know where I was.

I was alone with someone,
who had a bad temper and
the power to lead me in the
wrong direction.
I had to put my foot down
And I tried not to lose
My mind.

It happened in a greedy
Need to find release and a
Piece of mind – but there's no
Way out of the gloominess.
All I can do is to wait for the
Sun to come up again.

Music inside me

To live with the magic of music in
My brain is always somewhat
Strange -
suddenly it rings off in my ears...
and suddenly it all disappears again
I can hear all the music in my mind,
when it's quiet outside.
I even dream of music..
And it always puts me in certain
Moods and I try to do to put into
Action – one way or another.
It's how my creativity works...

A very strange song

Falling in love with me;
Falling in love with you.
What will I do?
What would you do?

Call me a friend –
A friend close to you.

Never stop believing;
Believing in you;
Believing in me;
Believing in a world
For us to see.

Never stop gaining love;
Never stop gaining hope;
Never stop gaining faith;
Never stop gaining trust;
Trust in you and me.

This not a game to play –
Only love to have and hold!

Gedanke für heute...

manche Leute und manche Dinge enden
einfach in der Belanglosigkeit.
Manchmal ist es ein Segen und
manchmal ein Fluch.

Diamonds and other stones

They say that diamonds last forever
And you need to be polished to
Become a shining gem with many
Facets
But not everyone likes to be pressed
In forms or put into settings
Created by others – just another jewel in
The Crown – being in the same fashion
Like any other gem

And you don't have to be a diamond
To be important, great, beautiful and
To have an effect on someone or just
To last forever – you can remain a
Plain stone for it
You don't have to be something that
You aren't and don't want to be - that
You don't feel alright and good with
Surely you don't have to be a diamond
To impress others!

Any ordinary stone has its purpose…
Some lay the path for others…
Some add for home and protection…
Some are just there to block your
Path and let you stop and think
About your way…
Some just make your house and
Garden look nice

On some you can build your life on
And some can make you feel like being

In a place, where you want to sit and
Pause and enjoy the beauty of
The world
There are so many possibilities that
I even cannot think of, when you're
Not a diamond.
And even stones, polished by nature –
Either round or with rough, sharp edges –
Can be beautiful – not to everyone –
But to those, who know, how and where
To look

And most of the time the little stone
In my shoe has a greater impact on me
Than any diamond shining from far away
It makes me stop on my way, when
I can feel it poking my toes
I need to bend down and take off
My shoe and take it into my hand
To remove it
Most of the time I look at the stone
And wonder how such a little thing
Can have such an effect on me
And my way –

So everything has its place
And its purpose
And its beauty –
Sometimes it's obvious and
Sometimes it's hidden –
What kind of stone you are,
Only the time can tell!

Hindernisse

Es gibt eine Menge Hindernisse
In meinem Leben
Diverse kommen von außen
Und andere von innen
Etliche können mich aufhalten
Und so manche kann ich
Überwinden.

Leider gilt das nicht für den
Nebel in meinem Hirn, der
Meine Gedanken, Ideen und
Phantasien ständig verschluckt
Und das Denken erschwert,
der kann sich nur mit der
Zeit lichten

Nur wenn sich der Nebel lichtet,
werde ich mich nicht mehr mit
meinen Ideen abmühen müssen,
um sie umzusetzen
Sondern meine Phantasie kriegt
Wieder Flügel und kann hell und
In den schönsten Farben strahlen
Und die Gedanken werden wieder
Klar wie ein Kristall und ich kann
Wieder die Facetten des Lebens
Deutlicher erkennen.

Missing you

I miss you, sweetie
You were always there,
when others turned away
Your easiness and grace
Shone down on me
It made me happy
There was always so
Much fun and laughter
To expierence with you
This playfulness could
Make my day
You took some trouble
With a lightness that let
Others forget their worry

I miss your smiling face
Your kind words can make
Others feel welcome
And now you're gone
I don't know why you
Don't come back anymore
I'm aware that you have
Your own life and
Your own circle of friends
You always have so
Many things to do and
So many things to learn
But it doesn't mean that
You cannot show up here
At any time anymore
I miss you and
You're always welcome!

Zum Thema Liebe und so…
Oder auch, was ich dir geben kann

Ich kann dir nicht versprechen,
dass alles besser wird,
wenn wir zusammen sind

Ich kann dir nicht versprechen,
dass alles einfacher wird,
wenn wir zusammen sind

Ich kann dir nicht versprechen,
dass wir nie streiten,
wenn wir zusammen wird

Ich kann dir nicht versprechen,
dass alles leiser und zurückhaltender
oder dass es nie peinlich wird,
wenn wir zusammen sind

Ich kann dir nicht versprechen,
dass alles glatt laufen wird und
wir immer zusammen bleiben,
wenn wir zusammen sind,
Ich kann dir nicht versprechen,
irgendwelchen hoch trabenden
Ansprüchen gerecht zu werden,
wenn wir zusammen sind

Ich kann dir nicht versprechen,
keine Fehler oder ungebrachte,
dämliche Witze mehr zu machen,
wenn wir zusammen sind

Ich kann dir nicht versprechen,
je ein liebes, nettes Mädel zu
werden, falls du so etwas suchst,
wenn wir zusammen sind
Ich kann dir nicht versprechen,
irgendwelche blöden Geräusche
von mir zu verhindern,
wenn wir zusammen sind

Ich dir nicht versprechen,
dass ich nicht Punkte erreiche,
wo ich aufgeben will oder du mir
einfach so den Hals umdrehen
möchtest, wenn wir zusammen sind

Ich kann dir nicht versprechen,
zum heißen Vamp und nebenher
zur treu sorgenden Mutti oder
zur lieben Partnerin zu mutieren,
wenn du es willst oder brauchst,
wenn wir zusammen sind.

Denn hey, so ist das Leben,
denn hey, das ist meine Liebe,
es wird so wie es auf uns zukommen
soll und wir können gemeinsam
lernen und akzeptieren

Ich bin ich und wenn du das und
mich willst und wenn du auch bereit
bist zu geben;
kann ich dir versprechen,
mein Bestes zu geben - meine Liebe!

Das Beste aus allem zu machen
Ich werde ständig versuchen die
Bestmögliche Person zu sein, die du
verdienst – mit all' ihren Fehlern,
Ängsten, Nöten, Sorgen, Problemen,
Macken und ihrer Ungeduld –
Und all' das, was sie daraus lernt -

Und vor allem ihrer tiefen Liebe für dich!

Für Dich

Keine Zweifel –
Keine Angst –
Keine Wahnvorstellung –
Keine falsche Wunschvorstellung –
Keine Phantasie –
Keine Erwartungshaltung –

Kein einziges Problem hält mich davon ab
Dich zu lieben
Mag diese Liebe wie ein innerer Drang sein –
Ein Urinstinkt!
Es liegt in der Natur des Menschen seinen Instinkten
irgendwann nachzugeben
Und im Gegensatz zu anderen Instinkten kann
Dieser durchaus aus Spaß machen!

Promises

You promised me to teach
Me about sesnuality – yours
And mine,
while we learn the lessons
of love.

You promised me to show
Me, how to reach you –
Inside – in your heart without
You shutting yourself away.

I promised you to let you be
The charming guy without
Fighting you every time you
Blunder in this

You wanted to show me my
Tenderness, while I help you
Finding your own soft side.
I can show you who you really
Are and teaching you that you're
More than enough for me and
Yourself without any kind of
Fuss or Show-Off

You promised me to let me
Love you as you are as I let
You love me in the same way –
I know, it slipped your mind
Somehow, but your heart went
Out to me and your soul sang
Just in plead.

And I promised you to believe
In us; never doubting the
Serenity of your soul;
Never doubting the loyalty of
Your heart.
Never doubting your love or
Mine.

The closest thing to heaven

We both know –
You and I
What this love could be like
Fact is this love is even better than that
It's the closest thing to heaven

All the nice things you can see in me
Reflect the beauty shining in you
You taught me to respect myself,
So I could to same to you
Your love made me see the beauty
In your heart and the splendour of
The world
The king and the beggar – it's all in you
This love is the closest thing to heaven

You're my teacher and my student
When I say "I love you"
I give you the faith to go on
And the strength to be the best you can
And the best is your love

Thank you for the way you love me
To see the things in me, nobody else can
And remembering all the little details,
no one else can notice

Thanks for making my dreams come true
in ways I never imagined
By being a Closet hero sometimes, working
behind the scenes or being a Show-off,

just to see me smile
This love is the closest thing to heaven
I'm grateful for all the gestures and
smiles, big and small –
I appreciate all of it
Thank you for understanding me,
when no-one else could

I feel honoured that you share your
life with me
Thank you so much for showing
me your soft side and your
wounded soul –
your downfall,
problems and heartbreaks

To let me show you ways to see
the light
To let me make you laugh one
way or another
To let me bring out the best
in you
By bringing back your curiosity
in your life
Even if we lose our ways –
Even if we stumble and fall

We always get back on track
by reflecting each other's quality –
Even if we cannot feel it,
Mutual respect and trust makes
our souls hum in unity
Love is the closest to heaven
we can get!

Tiefe Gefühle

Ich hörte wie sie tiefe Gefühle beschworen,
doch es waren nicht unbeschreiblichen
Wogen einer Liebe, die nicht mal mit dem
Tode enden, sondern eine unersättliche
Anziehung, die einen nach einem
Abenteuer verlässt.

Eines ist sicher, was der Tod nicht besiegen
kann ist diese Liebe, denn sie ist das,
was bleibt.
Manch einer fühlt sich von derartig
starken Emotionen überrannt, weil er glaubt,
sie seien stärker als er selbst.

Jedoch ist der Gegenteil der Fall:
Es ist die Warmherzigkeit, Innigkeit und
Verbundenheit, die man immer fühlen kann,
auch wenn der andere nicht da ist;
auch wenn man wütend auf den anderen ist;
auch wenn es mal kracht;
auch wenn man den anderen nicht sehen mag;
auch wenn man sich gegenseitig auf die
Nerven geht;

Auch wenn man stur auf seiner Meinung beharrt;
auch wenn man sich mal anschweigt;
auch wenn man sich gegenseitig ignoriert;
auch wenn man von anderen Sorgen, Ängsten
und Problemen überrannt wird und den anderen
gar nicht mehr wahrnimmt – sie ist immer da –
die Liebe.

Denn wenn man in sich hinein hört,
weiß man, dass einem diese Sorgen nichts
anhaben können, diese überwältigende
Liebe hat sich im Herzen verankert und
man trägt sie mit sich.

Und man spürt wie sich daraus eine
Kraft entwickelt, mit der man weitermachen
möchte, wo man vorher aufgegeben hätte.
Man kann plötzlich sogar Dinge, die einem
vorher fremd waren, man lernt zu kämpfen
für die, die man liebt.

Man möchte für seine Lieben sorgen und sie
beschützen, auch wenn man so etwas vorher
belächelt hatte oder nicht mal daran gedacht
hätte.

Man würde sogar ins offene Messer für seine
Lieben rennen.
Manch einer findet seine eigene Zärtlichkeit
dadurch, weil man endlich die Zuneigung
widergespiegelt bekommt.

Man verfügt über Ressourcen in sich selbst,
die einem vorher nicht zugänglich waren,
weil man dann nicht wusste, dass man so
etwas in sich hat.
Diese Art von starken Emotionen – Liebe –
Ist eine Belohnung, keine Bestrafung.

Diese Liebe ist tiefgreifend und immer da!

Liebe ist eine Schwäche?

Es gibt Leute, die Liebe als Schwäche ansehen.
Nur kann die Liebe einem übermenschliche
Kräfte verleihen - beinahe schon Superkräfte.

Man kann zwar nicht fliegen, jedoch
Kann man so schnell zu seinen Lieben in
Nöten eilen, dass man nicht nachvollziehen
Kann wie man dahin gekommen ist.

Man kann vielleicht keine Autos anheben,
aber man kann Bärenkräfte entwickeln, um
seinen Lieben zu helfen.

Man kann zwar das Universum nicht mit
Superkräften retten, jedoch wird man sich
Anstrengen, um die Welt für die Liebsten
Zu schützen.

Und manchmal werden aus Lämmer Löwen,
um für die, die einem am Herzen liegen,
zu kämpfen beziehungsweise um sie zu
verteidigen und zu beschützen.

Man hat keinen Teleskop-Blick,
kein Super-Gehör oder vielleicht
kein fotografisches Gedächtnis,
trotzdem erkennt man an einer
Kleinigkeit, dass es seinen Lieben
Schlecht geht und man merkt
Sich alles, was der andere braucht,
damit es ihm besser geht.

Wärme, Zuneigung, Zärtlichkeiten,
unbeschreibliche und schier
unbegreifliche Nähe, Leidenschaft,
unglaubliche Küsse, Heimatgefühl,
eine tiefe Verbundenheit auf allen
Ebenen und mit allen Sinnen, auch
Verspieltheit und Leichtigkeit –
All das und noch viel mehr Dinge,
die durch die Liebe entstehen.

Diese Dinge, die einem zeigen
wie man seine Ängste, Sorgen
und Probleme einfacher besiegt
oder zumindest damit anders
umgehen lernt –
Gelassener und ruhiger –

Jemand ist da, der wirklich zuhört
Man wird von jemandem ernst
genommen, erhält Verständnis
und ein Gefühl von Sicherheit
und Vertrauen.

Man kann wieder Kraft tanken
Für einen neuen Tag!

All das bleibt einem verwehrt,
wenn man Angst vor der Liebe
hat oder sie nur als Schwäche
ansieht, weil man nie die
unglaubliche Stärke spüren
kann, die frei gesetzt wird.

Liebe mag sich manchmal wie eine
Schwäche anfühlen, jedoch können
Große Kräfte aus ihr erwachsen –

Vergiss das niemals!

My story

Some people seem to think
They know how the story of
Me goes, because they see one
Or more boring or agitating
Chapters of my life and
Seek similarities to other people

They tend to get frustrated, angry
Or miffed by what they see.
And they try to change my
Story without asking me.
But it's my story and I write it.

Well, my story may seem overall
A bit uneventful, but if you can
Read between the lines or see
The magic in the moment or
Find some surprising event with
Fun, laugther, adventure, thrills
And more, you can find an
Interesting and fascinating story

And maybe it could turn out to
Even a bigger adventure soon
And maybe for you too, if you
Want to know more about the
Story of my life!

Zwischen den Welten

Ich sehe dich zwischen den
Welten tanzen als freche Elfe
Und als "netter Engel" und als
charmanter, junger Mensch

Als freche Elfe spielst anderen
Gerne Streiche und machst
Gerne Scherze und treibst so
Einigen Schabernack

Du setzt dich über so manche
Regel mit einem spitzbübischen
Lächeln hinweg
Wie alle Elementare liebst du
Dich zu amüsieren und mit
Deinen Freunden zu feiern

Hin und wieder wirkt diese
Verspielte Art kindisch
Als freche Elfe wird dir
Schnell langweilig, wenn
Du nicht mit anderen feiern,
lachen, Spaß haben und
Geschichten austauschen
Kannst.

Doch mit genau mit dieser
Verspielten Art findest du
Immer wieder Gelegenheiten
Diese Langeweile mit deiner
Ganz eigenen Magie zu
Bekämpfen beziehungsweise

Daraus etwas zu zaubern, was
Dich anregt.
Und du kannst damit sogar
Andere anstecken und
Mit einbeziehen.

Du liebst die grünen Bäume
Und schönen Wiesen und
Bist traurig, wenn sie in
Städten zugebaut werden.
Du willst Grün in den
Städten, weil es zum Leben
Dazu gehört.

Als "netter Engel" bemühst
Du dich zwischen den Zeilen
Zu lesen.
Du hast für alle Seiten ein
Offenes Ohr
Du hältst die Kommunikation
Offen und ehrlich
Du versuchst zu helfen, wenn
Du es kannst

Als charmanter, junger
Mensch bleibst du fest auf
Dem Boden der Tatsachen
Du bleibst in freundlicher
Weise sachlich

Du distanzierst dich
Höflich von den Dramen
Anderer Leute
Du wirkst dann eigenständig

Und liebevoll
Natürlich machst du Fehler
Wie wir alle, aber dadurch
Lernst du dich zurecht zu
Finden

Ich sehe dich zwischen den
Welten tanzen und komme
Nicht umhin diesen
Spagat anzuerkennen

Etwas aus einem Song von mir,
was ich rausgekürzt habe:

Your love touched my soul
You're my shelter
I can run to no matter what
You give me love, faith and
the strength to go on
I can trust you, believe in you
With you the believe
in goodness of people
came back to me
All I needed to do
was loving you
And I love you

Ich liebe dich

Ich wollte dir eigentlich schon lange sagen:
Ich liebe dich,
aber du kannst mich nicht hören
Ich wollte dich erreichen,
du siehst mich nicht

Ich liebe dich,
aber ich werde es
dir nicht sagen können
Du hast mir nie
dir den Anschein gegeben

Ich könnte bei dir hoch
in der Gunst zu stehen
Für dich war ich das Mädchen,
das dir das Ohr abkaut
und dir auf die Nerven geht

Du hast mich seit langem
beeindruckt und fasziniert
Deine Erfahrung, dein Können
und dein Wissen haben viele
inspiriert und bewegt

Es gibt Zeiten, da möchte ich
von dir lernen -
da wünschte ich,
du wärst mein Mentor
Du hast aber seit jeher die
Leute selektiert, die dich
umgeben dürfen

An anderen Tagen möchte
ich dir zeigen, was ich alles kann
und was ich weiß.
Deine Art wirkt auch mal überlegen
Das betrübt mich und irritiert mich
Mir wird klar, dahin werde ich nie
kommen - dein Wissen - deine
Erfahrung brauchen jemanden auf
deinem Level des Denkens
Ich liebe zwar Bücher,
aber du bist ein Bücherwurm.
Leider ändert es nichts an der
Tatsache, dass ich dich liebe

Manchmal glaube ich,
wir denken ähnlich
Wenn ich dich so reden
höre oder dich agieren sehe,
fühle ich mich dir so nahe -
dir so vertraut
Doch dann distanzierst du
dich mit finsterer Miene wie
du es bei jedem tust, der dir
unerlaubt zu Nahe kommt
Trotzdem liebe ich dich,
du Brummbär!

Zwang

Abermals sitze ich hier auf meinem Stuhl
Ich versuche etwas Geistreiches aufs Papier
zu bringen, aber es gelingt mir nicht
Ich malträtiere mein Hirn,
jedoch ohne Ergebnis

Keine Idee will fließen,
kein kluger Ratschlag oder
Fingerzeig lassen sich blicken,
obwohl ich auch niemanden
belehren kann oder will,
kommt keine passenden Worte
in den Sinn
Nicht mal ein dummer Scherz
kommt zustande.

Nur diese Zeilen waren da
Es stellt sich die Frage,
welchen Sinn hat das?
Ehrlich gesagt, keinen –
Außer vielleicht den:
So sieht schreiben unter Zwang
aus, denn Kreativität lässt sich
nicht erzwingen

Man ist sich selbst im Weg
Und eine kleine Therapie für mich,
ich kann mir den Ballast von der
Seele schreiben und wie das so
Ist, kommen die Ideen dann
Von allein.

Meist kriegt man Ideen, wenn man
Am wenigsten damit rechnet.

Man muss die Energie nur fließen lassen
Und sich von Dingen inspirieren lassen –
Dinge aus der Natur –
Manche Inspiration beruht auf einem
Wort, ein Stück Seife, etc.
Das sind Dinge, aus denen man Ideen
Bekommen kann.
Selbst wenn man diese Sachen nicht
Nutzt, haben sie einem geholfen, die
Blockade zu überwinden.

Danksagung

Vielen Dank an alle, die mich inspiriert haben - auf die eine oder andere Art, bewusst oder unbewusst, gewollt oder nicht, direkt oder indirekt, positiv wie negativ - Ich danke Euch wirklich von Herzen dafür!

Danke an die Leute, die sich bis zur letzten Seite Durch meine wirren Gedanken gekämpft haben, jetzt habt ihr es wirklich geschafft..
Danke an alle meine Leser, ich bin echt dankbar, dass es wirklich Leute gibt, die meine Bücher lesen. Ob ihr etwas mit den Texten anfangen könnt auf die eine oder andere Weise, ist in euerem Ermessen!

Auch wenn es nicht ganz so geworden ist wie ich wollte und sich Dinge irgendwie ähneln beziehungsweise wiederholen, habe ich sie aufgeschrieben und habe ein paar andere Leute über gewisse Gedanken lächeln sehen und das war es wert.

Zum Schluss noch vielen Dank an meine Familie Und meine Freunde und Online-Kumpel, auch Wenn man sich nicht immer versteht, wir können Trotzdem zusammenhalten.

Alles Liebe und Gute Euch allen!
Eure Astrid